La familia rota por el maltrato

Encarna Gordo Salazar

ISBN: 978-84-608-9829-0

Dedicatoria y agradecimientos

Dedico este libro a todas las familias, que, por desgracia, han tenido que vivir y sufrir la destrucción de su familia.

Mi sincero agradecimiento de corazón a tod@s l@s que me han apoyado y creído en su contenido y publicación.

En un pueblo de Almería habitaba una familia con cinco hijos. El padre se pasaba la mayoría del tiempo en el bar, era poco trabajador, y lo poco que ganaba se lo gastaba sin tener en cuenta a su familia para nada... Llegaba tarde a casa, formando escándalo y maltratando a su mujer, la vida de aquella familia era insoportable.

Marina, que así se llamaba la madre, desesperada de aguantar tanta miseria y malos tratos por parte de su marido, no sabía qué hacer con sus cinco hijos, a los cuales reunió cierto día. Para darles la mala noticia, aunque con pena...
- Venid hijos míos, tengo que daros una mala noticia, me marcho de casa...
No puedo más, cuánto me gustaría llevaros conmigo, pero no puedo.
¡No tengo nada que ofreceros, ni siquiera comida, ni un techo que os dé cobijo!
Aquellas palabras de su madre dejaron a los niños destrozados, no podían hacerse a la idea de vivir sin su madre.
- ¡No, mamá, no te vayas!
Con un abrazo y lágrimas en los ojos se salió de casa dejando a sus hijos desamparados, ya que el marido no se preocupaba mucho de ellos. Estaban desatendidos, sucios, desnutridos.
Al enterarse los vecinos de la situación de los niños dieron parte a las autoridades, que no tardaron en hacerse cargo de ellos. - Servicios Sociales, las dos pequeñas, se las llevó la Junta de Andalucía, los otros tres en casas de acogida. Las pequeñas no se quieren separar la una de la otra, la mayor de las pequeñas, Julia, que así se llama, tiene siete años. La más chica tres años, se llama Elena.
Un domingo están las dos hermanas jugando en el patio y se presenta una familia. Con las intenciones de adoptar a Elena, la más pequeña, pero Julia, la mayor, no lo permite y llora y patalea.

- ¡No se van a llevar a mi hermana, no me voy a separar de mi hermana, no se la llevarán, donde vaya mi hermana iré yo!

Y así consiguió que no las separaran, se quieren mucho las dos, juegan juntas, duermen juntas con las dos camas pegadas, miran por la ventana del dormitorio, y cuentan las estrellas y la que ven más brillante, dicen que es su madre.

Fueron pasando los años, las niñas creciendo, se buscaban trabajos con algunas familias campesinas, y así fue pasando el tiempo. De un lado para otro, desempeñando trabajos a cambio de la comida y de algunas ropas raídas ya desechadas por los hijos de sus patrones. Guardaban cerdos, pavos, en otras ocasiones espantaban a los pájaros para que no se comieran el sembrado, otras veces ayudando en las tareas de la casa o haciendo recados, y así fueron rotando como podían.

Julia cumplió dieciséis años y se puso a servir con una familia que le pagaba algo de sueldo, por lo menos, para sus pequeños gastos.

Elena, la pequeña, entró en la escuela interna con unas monjitas. Era muy lista y despabilada, aprendía muy rápido, la estancia se la pagaba limpiando en el colegio. Las monjitas la querían mucho, le dieron una buena educación y la cuidaban muy bien. Se portaban muy bien con ella, su hermana Julia iba a verla frecuentemente, y entonces le daban la tarde libre para que pudieran estar juntas las dos hermanas.

Julia, con diecisiete años, conoció a un chico muy guapo del que se enamoró perdidamente. Estaba muy falta de cariño y creía haber encontrado el amor que nunca tuvo, el muchacho se aprovechó de la situación y no tardó en dejarla embarazada.
Cuando Julia se dio cuenta de su estado, se lo comunicó a su novio muy preocupada, y él al escuchar la noticia, se quedó muy sorprendido, y le contestó:

- ¡Sabes que te quiero, pero aún no quiero tener ese hijo! Somos muy jóvenes y no tenemos experiencia, no estamos preparados para tal responsabilidad.

Él era de una familia acomodada, y sabía de sobra, que sus padres no la aceptarían nunca, él pertenecía a una sociedad distinta. Ella era una pobre chica criada en un orfanato. Así que se marchó y no quiso saber nada.

Julia se echó a llorar con mucha pena, la situación era muy difícil y delicada, sin experiencia, y sin nada que ofrecer a su hijo… No quiero abortar..., ¡no voy a destruir a un ser humano, sería matar a una criatura indefensa que no tiene culpa de nada!
¡Voy a tener a mi hijo, no sé cómo lo voy a criar, pero lo voy a intentar!
Julia siguió trabajando en aquella casa, pero no por mucho tiempo. Cuando se dieron cuenta de la situación de la muchacha, la despidieron de muy malas maneras.

Cogió sus pocas pertenencias y se salió de aquella casa, sin rumbo fijo vagó por las calles, sin saber dónde meterse. Era tiempo de primavera, aún hacía un poco de frío, la noche se estaba fresca, el cielo presentaba negros nubarrones, que amenazaban tormenta. Ella se sentía un poco contrariada, no era el sitio más adecuado para pasar la noche una mujer joven. Sin embargo, no le quedaba otra.

Pasó la noche en la playa. Al día siguiente intentó buscar trabajo y no encontró. Con el poco dinero que tenía se compró un bocadillo y una botella de agua, lloraba amargamente. ¡Qué voy a hacer con mi vida, donde voy! Sentía hambre y sed, no tenía nada que llevarse a la boca, pedía para sobrevivir. Julia pensaba: Y cuando llegue la hora del parto, ¿cómo voy a arreglarme con mi niño? Sin tener nada… ¡Dios mío ayúdame! Quiero encontrar un sitio donde pueda cobijarme cuando llegue el día del acontecimiento, mi hijo nacerá

tan pobre que por no tener no tiene ni padre que le quiera, pero yo lo querré por los dos y confío en que Dios me ayudará.
Cada día se acercaba a los chiringuitos de la playa a pedir trabajo, suplicaba:
- ¡Por favor tengo muchas necesidades, por favor deme un empleo en lo que sea, en la cocina, limpiando, sirviendo mesas, lo que sea, prometo forzarme todo lo que pueda y no se arrepentirá!
Le daban algún bocadillo y ella a cambio les ayudaba a fregar platos, en la cocina... Es muy trabajadora y limpia, se esforzaba mucho, los dueños del restaurante estaban muy con ella… Y por fin la contrataron para los fines de semana a jornada completa y para servir las mesas…

Hay un cliente muy rico que frecuenta el restaurante cada día, deja a Julia buenas propinas y le recuerda cada día lo guapa y simpática que es.
- Muchas gracias señor...
- Si quieres te invito a tomar un helado cuando termines de trabajar.
- No, muchas gracias, pero estoy muy cansada.
Insiste una y otra vez,
- eres muy joven y debes salir a divertirte.
- Gracias, prefiero quedarme y leer un poco.
- Pues es una pena.
- No le conozco lo suficiente como para salir con usted.
- No digas eso muchacha, yo creo que sí nos conocemos.
- Sólo es para dar un paseo, me da pena que siendo tan joven estés siempre encerrada, hay que disfrutar del verano un poco, que son cuatro días...

De pura fatiga, un día accedió acompañarle a tomar un helado, después subieron al coche para regresar. Él corría como un loco, Cuando Julia vio que salía de la ciudad hacia las afueras, se puso muy nerviosa, y gritaba muy asustada:
- Oiga, ¿dónde me lleva?

- No te preocupes mujer, vamos a dar un paseo.
Aceleró más el coche, Julia gritaba:
¡Señor, señor, quiero irme a casa, por favor! Él desaceleró y quiso propasarse, ella le arañó en la cara, mientras él paró para tocarse los rasguños, ella abrió la puerta del coche aprovechando el descuido y echó a correr todo lo que podía. Él, se quedó lamentándose, le decía: ¡Maldita, maldita, me has arañado y lo pagarás bien caro! Enfurecido, se fue con el coche, dejándola sola en un descampado. En ese momento pasaba un camión que paraba a su paso. ¿Qué te ocurre muchacha?, le pregunta el camionero, ¿puedo ayudarte?, ella, sin escucharlo, corría mucho más, estaba tan asustada que tropezó y cayó al suelo. El camionero, al ver el susto que le provocó, pensó que lo mejor sería seguir su camino, aunque le hubiese gustado ayudarla…

Pasó toda la noche andando, estaba muy cansada, no podía más, se echó sobre la hierba para descansar y se quedó dormida.
Al poco tiempo se escuchó un ruido. Se levantó de un salto, eran unos borrachos que también querían meterse con ella, se enfrentó a ellos mirándoles a la cara, y un poco subida de tono: ¡Seguid vuestro camino o llamo a mi novio que es policía!, metió la mano en su bolso, sacó el móvil, y cuando vieron que estaba marcando echaron a correr a toda prisa.
Julia respiró aliviada, por esta vez se había librado de otra mala experiencia.

Al día siguiente volvió al trabajo por la tarde, como cada día.
Al poco rato apareció el adinerado cliente acompañado de un amigo. Se sentaron en una mesa y pidieron unas cervezas y unos mariscos, después de un buen rato su amigo se marchó, el decidió quedarse un poco más bebiendo. Cuando pide la cuenta, deja caer su cartera en el bolsillo del delantal de la camarera, y empieza a gritar:
- ¡Ladrona, ladrona, me has robado la cartera!

- ¡Yo no, señor, no he robado nada!
- ¿Ah, no, y eso que llevas en el bolsillo, quieres decirme qué es?
- Eres una ladrona.
- Jamás he robado nada a nadie, usted me la puso en mi bolsillo para perjudicarme, sabe de sobra que no es cierto lo que dice.

Don Pedro la miraba furioso.
- Eres una ladrona y no mereces estar entre gente honrada.

El dueño del establecimiento acudió…
- ¿Qué pasa?
- Pasa que tiene una ladrona frente al público, y no volveré a pisar este establecimiento, mientras esté aquí esta mujer.

La policía no tardó en acudir y llevársela detenida. Ella lloraba amargamente.
- Por favor, no le he cogido la cartera, me la puso él en mi bolsillo para vengarse de mí.

Después de tenerla toda la noche en la comisaría, contó a los agentes todo lo ocurrido la noche anterior.
Les dijo: Fíjense en los rasguños que tiene en la cara, se los hice yo para poder escapar de él, quería abusar de mí.
Los agentes la creían, pero no era suficiente. Necesitaban más pruebas que acreditasen que era cierto lo que ella decía.

El dueño del restaurante no está seguro de que don Pedro diga la verdad.
Conoce a Julia y sabe que es incapaz de robar nada, pero don Pedro es un hombre muy poderoso y hay que creerlo, no se le puede llevar la contraria, puede hacer que nos cierren el establecimiento…
Por otra parte, sus jefes sufren por la muchacha, tienen plena confianza en ella, y no creen nada de lo que se le acusa.

Un día oí lo que decían unos señores mientras tomaban unas cañas de cerveza.

- Perdone, no he podido evitar oír lo que hablaban, creo que sé de lo que se trata. Por favor serían tan amables de repetirlo.
- Estaba contando a mi amigo el caso que presencié una noche cuando volvía a casa después de una larga ruta.
Venía muy cansado, y al pasar por el lado de un coche parado, vi como una chica huía de un hombre que le decía: ¡Maldita, maldita, me has arañado y lo pagarás bien caro!
Yo intenté ayudarla, pero ella corría aún más.
Estaba tan nerviosa y desesperada que tropezó y cayó al suelo. En ese momento pensé que si paraba el camión le iba a provocar más miedo todavía, creo que en aquella situación no podía confiar en nadie, así que, muy a mi pesar, pensé que debía seguir mi camino, aunque preocupado por no haberla podido ayudar.
A veces me pregunto: ¿Cuál sería la situación de aquella muchacha?

- Por lo que me cuentan, creo que hablan, de la camarera que trabajaba aquí en mi restaurante. Es una buena chica, creo que un cliente que acudía al restaurante con frecuencia se encaprichó de ella, y como ella no le correspondía, en venganza la acusó de un robo que no cometió.
Yo aseguro que ella no ha robado nada. Es una buena persona, y no se merece lo que le está pasando.

El dueño del restaurante les contó lo ocurrido.
El camionero le escuchaba atentamente y después comenta al dueño del restaurante todo lo que había visto aquella noche en las afueras de Almería. Enrique, el camionero, conversaba con el dueño del restaurante, y le decía: hay que buscarle un abogado a esa pobre chica y que le hagan justicia. No hay derecho a que se ataque al más débil por no tener ningún tipo de protección. En cambio, hay gente sin escrúpulos que creen que el ser ricos, les da derecho a poderlo comprar todo con dinero, sin importarle el daño que puedan causar a otras personas, como en este caso el intentar

destrozar la vida a una pobre chica por no querer acceder a sus caprichos.
¡Aprovechando la situación de desamparo en que se encuentra!
Hay personas inhumanas que no merecen estar en la sociedad, ¡pero claro!, el que es rico se cree con derecho a pasar por encima de los más desprotegidos y eso no es justo.
No sé por qué esa muchacha, a la que ni siquiera conozco, me da tanta pena… Por eso lo que quiero es ayudarla. No hay derecho a que se maltrate al más débil y querer hacerle pagar un delito injustamente.
El dueño del restaurante se lo contó a su mujer, la cual estaba de acuerdo en ayudar a Julia.

Al día siguiente fue la señora a la cárcel a visitar a Julia, la cual se puso muy contenta:
- Que alegría, señora Esperanza, cuanto le agradezco que haya venido a verme, nunca recibo visitas de nadie…
- Pues ¡espera que te diga a lo que vengo, y entonces sí que te vas a alegrar!
- Ay señora, por favor, dígame que me van a sacar de aquí.
- ¡Julia, lo vamos a intentar! Necesitas testigos y creo que los hemos encontrado, tranquila, vamos a buscar un abogado, para que te defienda.
- ¡Gracias, Dios se lo pague! Señora, cuanto le agradezco su visita…
Julia se abrazó a la señora Esperanza fuertemente, ella le correspondió de la misma manera, la señora se despegó y le dedicó una tierna sonrisa.
- Hasta pronto Julia.
- Hasta pronto señora Esperanza.
Buscaron un abogado para que la defendiera.

Al día siguiente, Julia recibió la visita de don Félix, para ponerse en contacto con ella y hacerle unas preguntas sobre lo ocurrido.

- Julia, voy a hacerte unas preguntas, pero no me mientas, por favor…
- No señor, como voy a mentir, sólo quiero que salga la verdad, y no me hagan pagar por un delito que no he cometido.
- No te preocupes, que todo va a salir bien, tú me cuentas lo que de verdad ocurrió y yo haré todo lo posible para que salgas de aquí cuanto antes.

El señor letrado le formulaba muchas preguntas, Julia las contestaba con todo detalle, y el abogado las iba anotando todas…

- Bueno Julia, ya hemos terminado, ¡tranquila! Saldrás de aquí muy pronto.
- Muchas gracias señor Félix.
- Hasta pronto Julia.
- Adiós señor.

El abogado hizo los preparativos para que se celebrara el juicio cuanto antes, sin embargo, nada se sabe de lo que ocurre fuera. Ella estaba impaciente, no podía dar crédito a aquel cambio de actitud de las personas que le habían brindado ayuda, y después no volvieron, a informarle de nada.
Esto me huele mal, algo raro está pasando. ¡Ni el señor Félix ha vuelto a visitarme!

Un día, como era frecuente en ella, estaba muy deprimida, miraba por la reja que daba al patio, era una mañana de junio, hacía un sol espléndido. Como añoro aquellas tardes en la playa, aunque no tenía nada, pero al menos tenía trabajo y disfrutaba de libertad, de la que ahora me están privando injustamente, Julia estaba al borde de la desesperación, fueron muchas cosas las que le habían pasado a pesar de ser tan joven. Pobre chica, ojalá le cambie la vida para bien, nadie merece tanto sufrimiento...
De repente le anuncian a Julia que tiene visita, y en ese momento en que dio un salto, apareció la figura de don Félix, el señor letrado.

- ¡Ay, qué alegría tan grande me da al verle!
  Señor, creía que ya no vendría…
- Lo siento, no me ha sido posible venir antes, quería asegurarme de poder traerte buenas noticias.
- ¿Y qué noticias me trae señor?
- Pues mira niña, me ha costado mucho trabajo preparar la defensa, ya que hemos topado con un hueso duro, han surgido muchos problemas. Por tal motivo ha sido la demora de mi visita. Por tratarse de un hombre tan poderoso como es don Pedro.
  Espero que todo salga bien. La semana que viene se celebrará el juicio, tenemos un testigo, es un camionero que pasaba y pudo presenciar las amenazas de don Pedro hacia ti y quiere ayudarte atestiguando lo ocurrido esa noche. Si se presenta será muy favorable para ti.

Pasaron diez días, y al fin se pudo celebrar el juicio. Don Pedro la miraba rabioso, se veía claramente el odio de aquel hombre malvado hacia la muchacha. Ella procuraba no mirarle para así no ponerse nerviosa, el juicio fue trascurriendo muy lentamente, la defensa de don Pedro quería a toda costa que Julia quedara como culpable, la chica estaba hecha un manojo de nervios, ¡tranquila! le decía don Félix. La verdad tiene que triunfar.
¡Que pase el testigo! En esos momentos, entró el camionero que no dudó en decir todo lo que vio, y escuchó, aquella noche. ¿Veredicto de la chica, culpable o inocente? “Inocente” votaron con las manos en alto la mayoría. Julia se abrazó al camionero fuertemente como si de un hermano se tratara, y después lo hizo con su defensor.

- Muchas gracias don Félix, me ha salvado la vida, nunca podré agradecerles lo suficiente todo lo que han hecho por mí. Todos salieron muy contentos del juzgado y decidieron ir a tomarse algo para celebrar el triunfo, los señores tomaron unas cervezas y la chica un refresco y un bocadillo.
- Bueno niña, ¿y tu familia?
- No tengo a nadie.

- ¿Y cómo es eso?, ¿dónde piensas instalarte?
- Pues la verdad no sé dónde ir…
- Bueno, mira Julia, te vamos a dejar pagada una habitación en el hotel, por una semana, mientras que te buscas algo.
- Muchas gracias señores, que buenos son conmigo. No viviré lo suficiente para poder agradecer todo lo que han hecho por mí… Mañana iré a pedir a mis patrones que me readmitan como camarera. Que es en lo que trabajaba antes de que pasara todo esto.

Se despidieron muy amablemente deseándole suerte...
Al día siguiente se acercó al restaurante para pedirle que la readmitieran, pero no fue como ella pensaba. La señora fue la que le atendió.
- Lo siento mucho pero no puedo readmitirte, don Pedro nos amenaza con cerrarnos el restaurante si vuelves a trabajar aquí, lo siento muchísimo de verdad, pero no puedo arriesgarme, sería mi ruina.

Julia salió a la calle sin saber lo que hacer, siguió buscando, pero don Pedro se había encargado de dar malos informes en todos los establecimientos de los alrededores.
Ella salía cada mañana, buscando algún trabajo para poder sobrevivir, pero nada.
Todas las puertas estaban cerradas para ella. Dios mío por favor ayúdame, se me cumple el tiempo en el hotel, y me pondrán en la calle.

Pasaron los días y no tenía dinero para continuar viviendo en el hotel, al siguiente día de agotar el saldo que habían pagado por ella, le dijeron que tenía que pagar.
- No tengo dinero, deme trabajo por favor, no le cobraría nada, sólo por la comida y la cama, aunque sea en el trastero.
- Lo siento, no necesitamos más personal…

Julia se lamentaba de su suerte. Por favor no pueden pasarme tantas cosas malas, ¿cómo puedo tener tan mala suerte?

Buscaba incansable por todas partes, pero no encontró nada. Hacía mucho calor, estaba agotada, de cansancio se sentó en un banco del parque para descansar un poco.
Veía como los niños jugaban alegremente acompañados por sus padres o abuelos, ¡qué suerte tienen estos niños! Mi hijo no tendrá padre ni abuelos que lo saquen de paseo…
Poco después se sentó frente a ella una joven muy bonita, rubia, ojos azules, llevaba un vestido muy elegante, sin saber por qué, se miraban con agrado, pensaba ¡que muchacha tan bonita!, parece un ángel, me gustaría hablar con ella, pero no me atrevo, no la conozco de nada, sin embargo, tengo una sensación como si la conociera de toda la vida.

Me gustaría tener una conversación con alguien, ¡me siento tan sola!, tan falta de cariño, cuanto me gustaría tener alguna persona en la que apoyarme y contarle mis cosas, para poder desahogarme...

Esa niña me cae muy bien, pero no me atrevo a decirle nada, no la conozco y no sé cómo puede reaccionar, lo mejor será seguir en silencio. Pasaron unos minutos, y la joven desconocida se acercó a Julia y le dirigió una sonrisa.
- Hola buenas tardes,
Julia correspondió.
- Hola buenas, hace calor, ¿verdad?
- Sí, mucha.
Comenzaron a hablar.
- Me llamo Julia.
- Yo Marina, ¿eres de aquí?
- No, soy de un pueblo de Granada que se llama Baza.
- ¿Y que te trae por aquí?
- Estaba trabajando, pero ya me han despedido, soy estudiante y

en verano trabajo para ayudar a pagarme los estudios, mis padres no pueden, y mi abuela es muy buena y me ayuda en lo que puede. ¡Aprovecho las vacaciones y trabajo para ganar algo de dinero!, me gustaría seguir trabajando un poco más, pero el trabajo está muy difícil.

- ¿Y en Granada?
- No creas, tampoco hay trabajo, así que seguiré buscando un poco más, y si no encuentro me volveré a casa.
  Bueno, ¿y tú eres de aquí?
- Sí, soy de aquí, pero yo no tengo tanta suerte como tú, tienes a tu familia, que te quiere y te apoya, en cambio yo no tengo a nadie.
- ¿Y con quien vives?
- No tengo casa ni nada.
- ¿Dónde duermes?
- En la playa.
- ¡No puede ser - en tu estado!, ¿y tu novio? - No quiero hablar de eso,

Julia se echó a llorar.

- No llores chiquilla, no quiero verte llorar, ese hombre no merece ni una lagrima tuya, piensa en tu hijo que es lo más maravilloso del mundo. No te preocupes, verás como todo se arregla...
  Si quieres puedes quedarte conmigo, tengo una habitación de alquiler, no es muy buena, pero es mejor que vivir en la calle.
- Yo no te puedo pagar nada.
- ¡Mujer, que no hace falta!, puedes quedarte hasta que yo me vaya, así nos haremos compañía mutuamente, yo también me siento muy sola fuera de mi casa.

Julia se quedó pensando unos segundos, esta muchacha, se llama Marina como mi hermana… La miró esperando su respuesta...

- Ah, sí, es que estaba pensando que tienes un nombre muy bonito.
- Muchas gracias, el tuyo también lo es.
- Gracias.
- Bueno, ¿somos amigas?

- Desde luego que sí, buscaremos trabajo y si lo encontramos, pagaremos entre las dos y compartiremos la habitación, y si no encuentro trabajo me tengo que marchar.
- Pero mientras tanto, puedes quedarte.
- Muchas gracias.

Aquella tarde anduvieron mucho, estaban bastante cansadas, aunque lo habían intentado cada una por su lado, no habían tenido suerte, quedaron en la playa, se dieron un baño y se marcharon a casa, se tomaron un poco de cena, y se prepararon para irse a dormir.
- Oye Julia, estoy agotada me voy a dormir, tu duermes en la cama y yo en el sofá.
- Que va, de ninguna manera, ¿cómo voy a venir de la calle a quedarme con tu cama?
- Yo estoy más fuerte que tú, y tienes que cuidarte por tu niño.
- No, Marina qué fatiga…
- No se hable más, hazlo por tu hijo, quiero que tengas un bebé muy sano, y tan guapo como tú.
- Muchas gracias, eres un ángel, ¡qué suerte he tenido al encontrarme contigo!
- Julia, ¡quiero que me avises cuando tengas tu niño! Quiero conocerlo.
- Vale, no lo dudes, si lo deseas así será.
- Bueno, mejor me llamas cuando tengas un sitio fijo y te enviaré ropa para tu bebé.
- Vale, guapísima.

Las dos muchachas se quedaron dormidas, a la mañana siguiente se levantaron temprano, desayunaron las dos y después marcharon al Ejido. Es posible que encontremos trabajo, es un pueblo muy grande y da mucho trabajo, vamos a probar, a ver qué tal...
Las dos muchachas se acercaron al pueblo vecino, esperando tener suerte.
Corrieron parte del pueblo buscando, pero no hubo suerte.

Llegaron a algunos almacenes donde envasan las hortalizas para el trasporte, en la nave, se encontraban varias chicas trabajando que no les prestaron la mínima atención, se dirigieron a las cintas donde clasificaban el producto.

- Hola, ¿dónde está el encargado?

Una de ellas les indicó llamar en aquella puerta. Se dirigieron a donde les habían indicado, pegaron y salió un señor de mediana edad.

- Buenos días, ¿qué desean?
- Venimos buscando trabajo.
- En este momento no tenemos nada, dejen su teléfono por si después surge algo, las llamaremos.

Una frase a la que se está muy acostumbrada a escuchar, no hay nada de trabajo, es indignante escuchar siempre las mismas respuestas, y por supuesto una humillación el no poder encontrar ningún trabajo.

Las muchachas se volvieron a casa cansadas de dar vueltas, y sin ningún resultado positivo.

- Julia, lo siento, pero tengo que marcharme, me hubiese gustado que nos hubiésemos conocido antes, pero de todas formas los días que hemos estado juntas nos lo hemos pasado muy bien y nos hemos acompañado mutuamente, ¡qué pena me da separarme de ti!
- Muchas gracias, te has portado conmigo como una hermana, yo también me lo he pasado muy bien contigo.
- ¿Cuándo te piensas marchar?
- Me voy a quedar dos días más, y nos vamos de compras un día, y el otro, a la playa sin preocuparnos de buscar trabajo, un día es un día.
- ¡Tienes razón!, aunque yo no lo tengo tan claro.

Al día siguiente se fueron las dos, a ver escaparates, Julia lo que más le gusta mirar, es la ropita de bebé, se quedaba maravillada al ver tantas cosas bonitas.
Marina también fijaba su atención en la sección de bebés y cogiendo un trajecito entre las manos se lo mostraba a Julia,
- Oye, ¿te gusta?
- Sí, es precioso.
- Pues te lo regalo para tu niño.
Julia se quedó perpleja.
- ¿Es para mí?
- No, para tu niño.
La futura mamá se emocionó.
- Gracias, que ilusión, el primer traje de mi bebé.
- De nada mujer.
Siguieron mirando tiendas, Marina se compró unos zapatos y también compró algo de comida, continuaron el paseo hasta que llegaron a casa,
- esta noche tenemos que ir a bailar, tenemos que despedirnos con alegría.
Marina le mostró el armario a Julia,
- mira a ver si te gusta algo y te lo pones.
Julia se probó varias prendas y todas le quedaban muy ajustadas, las dos se reinan bromeando,
- oye, te has puesto muy gordita,
- creo que sí,
- tendremos que salir a comprarte algo.
De nuevo volvieron a salir y compraron un pantalón de premamá y una camiseta muy bonita, y se marcharon a celebrar la despedida.
Lo pasaron muy bien, se divirtieron mucho, después de un buen rato se marcharon a casa a descansar.

A la mañana siguiente, después de desayunar, llegó la hora de la despedida.
- Me da pena dejarte tan sólita.
- No te preocupes mujer, ya me las arreglaré.

- No se te olvide nunca que quiero seguir en contacto contigo.
- Jamás voy a olvidarme de ti, ni de todo el bien que me has hecho, cuando más lo he necesitado.

Las dos muchachas se despidieron con un fuerte abrazo y lágrimas en los ojos,
- quiero ser tu amiga, no perdamos el contacto.
Marina cogió su maleta, de color rojo, y rodándola se fue alejando por la estrecha calleja, hasta perderse en la lejanía.

Julia suspiró poniendo en marcha sus pensamientos. Se fue mi mejor amiga, se ha portado conmigo como una hermana, ojalá le vaya bien en los estudios, es una chica muy lista y una gran persona. Ella tiene suerte al tener una familia, que la quiere y apoya. En cambio, yo no tengo a nadie, después de tanta familia al final me encuentro sola con todos mis problemas.
¿Cómo me gustaría encontrarla?, es una pena tener tantos hermanos, y estar tan alejados, no sé nada de mi familia, qué habrá sido de sus vidas.
Espero que hayan tenido suerte, y mi pequeña Elena, ¿cómo estará?, cuanto la echo de menos. Crecimos tan unidas en lo bueno y en lo malo...
Y sin embargo hace tiempo que no sé nada de mi niña pequeña, en cuanto que arregle mi situación, voy al colegio de las monjitas y le haré una visita, para ver si sigue allí mi pequeña Elena. Cuánto nos queríamos y cómo nos reíamos jugando...

Un día, cuando paseaba por la playa, se acercó a unos carteles que pedían una chica para cuidar unos niños, se puso enseguida en contacto con aquella familia por teléfono, atendió la madre de los niños, y la citó para una entrevista, Julia se puso muy contenta, se dio un baño y se arregló, quería causar buena impresión, se puso en marcha enseguida. Llamó a la puerta y le abrió una señora de unos 45 años.

- Hola, buenas tardes, vengo por el anuncio.
- Ah, sí, ¡pero estás embarazada!
- Y qué, eso no importa, me siento estupendamente, y los niños me encantan.
- Pasa, ¿cómo te llamas?
- Me llamo Julia.
- Muy bien, ¿tienes más niños?
- No señora, es el primero.
- ¿Y tu familia, estás casada?
- No señora.
- ¿Dónde has estudiado?
- Me críe en un centro, con unas monjitas, que me formaron con una buena educación. Por favor, necesito trabajar.
- Bueno, de momento te vas a quedar de prueba.
- Vale, ¡muchas gracias, señora Victoria!
- Mañana, a las nueve de la mañana te pasas por aquí, tengo un niño y una niña, si te aceptan y tú te portas bien te quedarás unos días.

Julia salió muy contenta, pedía a Dios que los niños la aceptaran. Al día siguiente, se marchó al trabajo que le cogía muy cerca ya que la familia vivía en la playa del Zapillo.
La señora presentó a sus hijos, el mayor se llama Juan, es un niño muy simpático, tiene 8 años, la niña es muy bonita y graciosa, tiene 3 años está muy madrera, no se quiere despegar de su madre, y no quiere acercarse a Julia, pero ella con dulzura, y mucho cariño, se ha ganado la confianza de la chiquilla, se llama Alba.
- Ven conmigo Alba, ¿te gustan los cuentos?
- Sí, mi madre me los cuenta para que me duerma.
- Yo también sé contar cuentos muy bonitos, ¿si quieres yo te cuento alguno?
- Sí, cuando me vaya a la cama.
- Si te parece bien que te acueste yo esta noche, ¿vale?, pues mira te voy a contar un cuento muy bonito, verás cómo te va a gustar. Y mañana cuando desayunes te pondré muy guapa y te llevaré al

parque a jugar con tus amigas, porque tú tienes muchas amigas, ¿verdad?
- Sí, y amigos, y también tengo primos.
- Ah sí, qué bien lo vamos a pasar en el parque.
Terminó de ponerle el pijama y la metió en la cama, se puso a contarle el cuento, que le había prometido y antes de terminarlo la niña se quedó dormida, le dio un beso y cerró la puerta.
La señora preguntó sonriente,
- ¿le has contado el cuento a Alba?
- No señora, se ha quedado dormida.
- No te preocupes, le pasa siempre, no es extraño que después de tanta actividad cuando llega la noche caen rendidos.

Julia, después de cenar se marchó.
A la mañana siguiente estaba en el puesto de trabajo a las 9 como la señora le había indicado. Los niños aún estaban dormidos y aprovechó para ayudar a preparar el desayuno, al poco rato los niños se despertaron, entró en la habitación les dio los Buenos días y después los aseó y les puso los desayunos a todos.
Después cogió unos juguetes y se marchó con los niños, son muy graciosos y parlanchines, y la niña, a pesar de que no pronuncia bien algunas palabras, se puso a canturrear.
- Oye Alba, creía que tú no sabías cantar.
- Sí, me ha enseñado mi "seño" muchas canciones, me sé la del patito chiquito.
Y la niña se puso a cantarle con desparpajo, Julia se la comía a besos, la niña se abrazaba a Julia como si la conociera de toda la vida.
Se lo pasaron muy bien, jugaron mucho con Julia, que los empujaba en los columpios, y se reían mucho.
- ¿Os lo habéis pasado bien?
- Sí, eres muy divertida.
- Gracias cariño, mañana si quiere mamá, os llevo a la playa, ¿os gusta bañarse?

- Sí, mi mamá nos lleva a mis hermanos y a mí, a veces vienen mis primos y su madre, que es la hermana de mi madre, lo pasamos muy bien.
- Bueno, ya nos tenemos que ir a casa.

Eran las doce de la mañana, se acercaron a la frutería para hacer unos encargos que le había encomendado la señora, hicieron compra y se marcharon a casa. Los niños llegaron muy contentos, les pregunta la madre:
- ¿Cómo os lo habéis pasado?
- Muy bien, Julia es muy divertida, hemos jugado con ella y reído mucho.

Ahora a lavarse las manos, Julia lavó las manos a los niños y entró a la cocina a ayudar a la señora con la comida.
Mientras las dos mujeres prepararon la comida, los niños se pusieron a ver los dibujos en la tele.
Mientras cocinaban, la señora le daba instrucciones para lo que debiera hacer al día siguiente. Terminada la comida, Julia puso la mesa y llamó a los niños:
- Vamos chicos, a comer.

Los niños acudieron obedientes enseguida,
- ahora hay que dormir un poco, que habéis jugado mucho y estaréis cansados.

Los acostó para que se echaran la siesta… Mientras los niños dormían, charlaba la señora Victoria con la niñera,
- durante la comida, ¿qué tal se han portado mis hijos?
- Muy bien, son estupendos, muy simpáticos y educados, nos lo hemos pasado muy bien.
- Bueno, como veo que has caído bien a los niños, te voy a contratar para el tiempo que estemos de vacaciones.
- Muchas gracias señora, cuanta falta me hace este trabajo.
- De nada chica, mañana vienes a la misma hora, ¿qué ganas de sueldo?
- Lo que usted vea conveniente.
- Ya veremos, dependiendo de la aceptación de los niños, y del

trabajo que hagas, ¿además de cuidar niños, que más sabes hacer?, ¿sabes cocinar?
- Sí señora, muy bien, además sé coser, planchar, limpiar, cuidar las plantas del jardín, tengo los estudios básicos, y algo de informática. He aprendido de todo, en el Centro había que trabajar duro para sobrevivir, a pesar de mi corta edad, estoy muy bien preparada. Puede mandarme lo que quiera y yo se lo hago encantada.
- Siendo así, me vendría bien en jornada completa, tendrías que ocuparte del trabajo doméstico, de la casa, y de cuidar a los niños, tendrás que sacar al perro, cuidar el canario, y hacer la comida. Sólo sería un mes como mucho.
- Vale, ¡me esmeraré en mi trabajo señora, quiero que se lleve un buen recuerdo de mis servicios!
- Mañana a las nueve te vienes y te daré instrucciones.

La muchacha, salió muy contenta, después de tanto suplicar el trabajo, por fin lo ha conseguido. Aunque sea por poco tiempo. Julia está nerviosa, no podía creérselo, esa noche no podía dormir pensando en levantarse temprano, y tener donde ir a trabajar.
A la mañana siguiente, se levantó temprano, se arregló y se marchó a su nuevo trabajo. Cuando llegó los niños aún no se habían levantado. Mientras tanto la señora le daba instrucciones a la muchacha: Empezaremos por la limpieza, y después de comer descansaremos un poco, te vienes a las cinco para llevar a los niños a la playa.
Julia comió en casa de los señores, y después se marchó y descansó un poco sobre la arena ya que le gusta disfrutar de la naturaleza, mientras leía un libro.
A las cinco, como estaba previsto, fue a recoger a los niños. Llamó a la puerta, contestó Victoria y le abrió.
- Hola Julia, ¿has descansado?
- Sí señora.
- Prepara merienda, que nos vamos todos a la playa, hace calor, nos

estaremos hasta tarde en la playa, que es donde mejor se está en estos tiempos de tanto calor.
Julia preparó la merienda tal y como la señora le indicó: unos bocadillos, refrescos y fruta y unas sillas de playa. Pasaron una tarde muy agradable, se bañaron, y los niños disfrutaron mucho con los cubos y las palas haciendo castillos de arena, la niñera también participaba en el juego, mientras los padres jugaban al ping-pong.
Cuando se hizo de noche recogieron y se fueron a tomar un helado.
Después se fueron a casa, duchó a los niños, les puso los pijamas y los acostó, no sin antes contarles el cuento que había prometido.
- Julia quiero que me cuentes un cuento.
- Ahora mismo.
Y la niñera se puso a contarles el cuento, que no pudo terminar porque los niños cayeron rendidos en un sueño profundo.
Julia salió de la habitación, Victoria la miró sonriente:
- Qué, ¿les has contado ya el cuento?
- No señora, se han dormido, les pasa siempre, no paran en todo el día, y cuando llega la noche caen rendidos.
- Ya puedes irte.
- Si no manda nada más la señora, hasta mañana, muy Buenas noches.
Las dos mujeres se despidieron, Victoria le dedicó una sonrisa y cerró la puerta.
En el descansillo se encontró con el señor Carlos, que se había quedado hablando con un amigo.
- Hola Julia, ¿ya te vas?
- Sí señor.
- Hasta mañana.
- Buenas noches señor, hasta mañana.
Al llegar Carlos a la casa le comentó a su mujer:
- Me he cruzado con la muchacha en la escalera.
- Sí, termina de irse.
- ¡Parece una buena chica!
- A mí también me lo parece, a los niños les ha caído muy bien, se ve muy educada, pobrecita, parece ser que el novio la ha

abandonado, ¡qué pena de chiquilla tan joven!, parece una niña, yo le he dado el trabajo porque, en primer lugar, me ha parecido una buena chica, y después porque he visto que lo necesita. No sabes lo contenta que se mostró, lo agradecida que me habló, se le veían en su cara ganas de abrazarme. Todavía es muy pronto para conocerla, es lo que trasmite, esperemos a conocerla mejor, los niños por ser el primer día están muy contentos, bueno ya la iremos conociendo, se ve muy cariñosa con ellos, la niña no se despega de ella, seguro que se llevarán muy bien.

Julia está muy contenta con su nuevo trabajo, ha caído muy bien. Es una familia encantadora, la tratan muy bien y la respetan, los niños están encantados con su niñera, es muy cariñosa y divertida. Tiene mucho trabajo, pero no le importa, y a pesar que se encuentra un poco cansada, debido a su estado y al calor agobiante del verano, sin embargo, lo prefiere. Al menos tiene un trabajo donde ir cada día.
Que feliz me siento al haber encontrado trabajo en casa de una familia tan buena y tan educada.

Una tarde cuando volvía de pasear los niños encontró a la señora Victoria muy triste y llorosa.
- Perdone señora, ¿qué le ocurre?
Se abrazó a la muchacha.
- Tengo mucha pena.
- ¿Qué pasa, señora?
- Me han llamado de mi pueblo para informarme de la muerte de mi madre. Por favor prepara las maletas que tenemos que marchar de inmediato.
- Cuanto lo siento, señora Victoria.
Julia se puso deprisa a preparar las cosas de los niños, mientras la señora hacía su maleta y otras muchas cosas.
- Julia te has portado muy bien, siento que haya durado tan poco, me hubiese gustado tenerte entre nosotros hasta el final del

verano, pero a veces las cosas no salen como una quisiera.

La señora le pagaba cada semana, y Julia no gastaba apenas nada y lo guardaba para comprar ropa a su bebé.
- Bueno nos tenemos que marchar, el camino es largo y quiero despedirme de mi madre que era para mí la persona más buena del mundo. Toma Julia, esto para ti, que te lo has ganado, y esto para que le compres a tu nene lo que quieras.
Esto es mucho dinero, guárdalo, que te vendrá muy bien en los días venideros.
Ella no sabía dónde guardar el dinero, ya que no acostumbraba a manejar tal cantidad. La señora se quedó muy satisfecha por haber podido ayudar a una persona que tanto lo necesitaba.
- Y mis niños, ¡cuánto os voy a echar de menos!
- Y nosotros a ti. Julia, te queremos mucho.
Los niños no se querían despegar de su niñera,
- No me quiero ir, ¿por qué nos vamos tan pronto?
- Hijos, la abuela se ha puesto enferma y tenemos que ir a verla.
- ¿Y luego nos venimos otra vez?
- No hijo.
- Nos dijiste que papá se iba cuando se le terminen las vacaciones y nosotros continuábamos hasta septiembre.
- Sí hijo, eso acordamos papá y yo, pero han surgido otras cosas.
- Vendremos en las próximas vacaciones.

La señora no quería decir a los niños la verdad de lo ocurrido, ellos adoraban a su abuela, y su madre no sabía cómo dar a los niños la mala noticia.
Cargaron el coche y se despidieron de la muchacha deseándole suerte.
- Muchas gracias por todo, buen viaje.

Al día siguiente fue a meter el dinero en una cartilla para tenerlo seguro. Voy a intentar gastar lo menos posible, tengo que guardarlo para el futuro, que me tiene que hacer falta. Cuando regresó de

poner su dinero a buen recaudo, buscó una casa de acogidas en la que como ella había otras mujeres maltratadas y abandonadas por sus maridos.
Se instaló con las demás mujeres dónde le daban comida y cama. Trabajaba, en el centro ayudando con las tareas domésticas, limpiar, y colocar los paquetes que llegan de las donaciones.

Su gestación cada vez le pesaba más, sentía molestias y al cabo del día estaba bastante cansada. Pronto hizo amistades con otras compañeras que se encontraban en situación similar a la de ella, unas estaban separadas, otras eran maltratadas y las acogían por tiempo limitado. Julia estuvo en el centro un mes, no paraban de llegar mujeres, todos los días, y tenían que ir renovando gente, ya que no disponía de muchas plazas. Una mañana, después de desayunar tuvieron una reunión con el director del centro, que les habló muy amablemente:
- Señoras siento mucho, darles la noticia, pero me veo en la obligación de comunicarles, que las personas que llevan un mes tendrán que abandonar el centro, para dar cobijo a otras personas que también lo necesitan, pueden venir al comedor, pero no podrán establecerse por la noche.

Julia había hecho amistad con una señora que iba cada día como voluntaria a ayudar a repartir las comidas.
Esta señora, conversaba con Julia, ella tampoco había tenido una infancia muy feliz, se identificaba con la de Julia, era una señora mayor y tenía dos hijos y tres nietas que estaban lejos, por lo tanto, se encontraba sola.
Muchas tardes la invitaba a que saliera con ella, a dar un paseo.
La señora, que es muy habilidosa con las labores, prometió a la futura mamá, que le haría un arrullo para su bebé, aquella tarde se fueron a comprar lo necesario para elaborarle el arrullo prometido, Julia, aunque estaba triste por la despedida del centro, lo asimiló

desde el primer día que entró, y sabía que no podía quedarse por mucho tiempo.
Se decía entre sí, ya encontraré otro lugar...
La señora es muy parlanchina, y se reía mucho con ella, compraron una tela muy bonita de color azul claro muy calentita, pues el niño nacería en invierno, y hay que abrigarlo bien. Después de las compras, se fueron a tomarse algo.
Aunque Julia estaba muy preocupada por el tema del albergue, la señora no la dejaba ir, no paraba de hablar y hablar de su familia, recordando a sus hijos de pequeños, que precisamente ellos sí tuvieron una infancia muy feliz, y ella también, fue muy feliz en su matrimonio, se casó con un buen hombre que se querían muchísimo, fue piloto de avión y murió en un accidente aéreo, la pobre señora quedó destrozada, perdió al hombre de su vida y jamás lo ha podido olvidar, sus hijos, por motivos de trabajo se tuvieron que marchar lejos y los ve muy de tarde en tarde, sólo dos veces en el año, cuando toman las vacaciones.
Sueña con que llegue ese día para poder abrazarlos y disfrutar de ellos.

Con tanto hablar, se les hizo de noche.
- ¡Mira niña, no te preocupes!, esta noche duermes en mi casa.
Es demasiado grande para una persona sola.
A la mañana siguiente se levantaron y desayunaron en el jardín, bajo la sombra de un árbol precioso, percibiendo el perfume de las flores.
- Que bonita casa tiene, señora.
- Gracias.
Las dos mujeres se llevaron las telas y empezaron a tomar medidas para confeccionar la ropa del bebé. Julia estaba muy contenta.
Se sentía muy alagada por la señora, es muy amable y cariñosa, no le gusta estar en casa sola, por eso es que iba cada día a ayudar al centro, para poder pasar un rato distraída, al mismo tiempo que hacia una buena obra.

Estaban tan entusiasmadas con la costura, que se les pasó la mañana sin darse cuenta,

- ¡oye Julia, tenemos que irnos!, pronto es la hora de la comida y hay que ayudar. Mañana seguimos con el arrullo de tu bebé.

Las dos se prepararon y se marcharon al centro a ayudar, con las comidas, después de ayudar a servir las mesas, se marcharon a casa de la señora Susana, descansaron un poco después de almorzar y luego se fueron a la playa toda la tarde,

- Julia esta noche te quedarás aquí, tenemos que terminar el arrullo, mañana, antes de irnos al centro.
- Como quiera, señora Susana.

A la mañana siguiente desayunaron y siguieron entusiasmadas con sus labores,

- ¡qué bonito está quedando!
- Sí señora, es precioso.
- Quiero que me recuerdes cada vez, que acunes a tu pequeño.
- Por supuesto señora, cómo lo voy a olvidar, y le hablaré de una señora encantadora, que me ayudó y me ha regalado una prenda preciosa confeccionada con todo el cariño con sus propias manos. Eso jamás se me puede olvidar, señora Susana.

En esos momentos sonó el teléfono, es la hija de la señora.

- ¡Qué alegría!, es mi hija que viene unos días de vacaciones con las niñas, tienes que ayudarme a arreglar la casa, quiero darle la bienvenida a mi familia y los voy a sorprender con un cambio en la decoración, ¿me ayudaras a elegir?
- Por supuesto que sí, lo haré encantada.
- Pues manos a la obra.

Pusieron cortinas nuevas en todas las habitaciones, y otras cosas de decoración.

En particular las de las niñas las pusieron preciosas. También cambiaron los muebles del jardín y la piscina, todo muy bonito y acogedor. Quiere que su familia pase una estancia lo más cómoda posible, junto a su abuela que los adora.

En los días que estuvo la familia en casa, la señora Susana contrató a Julia para que sacara a las niñas de paseo y les enseñara cosas de la ciudad. Ella aceptó encantada.

Pasaron las vacaciones, que sólo fueron quince días, se marcharon, y la abuela también se fue con ellos.

La pobre muchacha, otra vez desamparada, y sola...
La soledad le hacía recordar aún más su situación, ¿qué será de mí?, ¿dónde nacerá mi hijo?, me supongo que en un hospital, pero quien me acompañará, mi hijo nacerá solo conmigo. Quien me va a visitar, si no tengo familia... ¿y después dónde iremos los dos? No tiene padre ni abuelos, ni conocerá a sus tíos ni a sus tías, quizás, con un poco de suerte, me encuentre con alguno de mi familia algún día, que feliz sería si eso ocurriera.

Hacía un calor sofocante, como suele ocurrir en verano. Eran las fiestas de la patrona de Almería, la Virgen del Mar. Salió a dar una vuelta por la feria, era un poco tarde, había muchos puestos, de alimentos, frutas y demás, tenía un poco de sed y hambre, me apetecía mucho una fruta, y no pudiendo resistir la tentación, cogí una manzana, nunca tenía que haberlo hecho, en ese mismo momento, me gritó el dueño del establecimiento:
- ¡Ladrona!, me has cogido una manzana.
La solté rápidamente, quería morir de vergüenza y de pena, ¡trágame tierra!
Me llamaron ladrona, acudieron los guardias de seguridad al escuchar los gritos del dueño del puesto.
Allí cerca ocupaba una mesa, un matrimonio con un niño pequeño, se acercó a mí la señora y me dijo muy amablemente:
- No te preocupes, no tiene importancia, siéntate y pide lo que te apetezca y no te de vergüenza, sólo ha sido un arrebato de antojo, no tiene mayor importancia.
  Si quieres puedes contarme lo que te ocurre.
- No soy una ladrona, sólo quería quitarme la sed, lo que yo quiero

es trabajar para poder subsistir, pero cuando ven mi estado nadie me da trabajo.
- ¿Te parece bien si trabajas para nosotros?, ¿aceptarías?
- Encantada, muchas gracias señora, cuanto se lo agradezco. ¿Qué tendría que hacer?
- De momento cuidar el jardín, y después ya veremos.
- ¿Cuándo puedo empezar?
- ¡Eres muy joven, tendrás que consultar con tus padres!
- Yo no tengo padres, vivo sola, no tengo ni siquiera casa donde vivir.
- ¡Entonces no te importará quedarte en la caseta de las herramientas!
- Estupendo señora, Dios la bendiga.

Caminamos un poco y llegamos a la casa, me ofrecieron el cuarto de baño para que me duchara y ropa limpia. Esa noche dormí en el jardín en una pequeña habitación que tienen, donde guardan las herramientas, me ofrecieron una cómoda hamaca, dormí toda la noche, me sentía muy a gusto, después de dormir tantas noches en la arena de la playa, para mí fue un logro, poder dormir bajo techo.

A la mañana siguiente, me llamaron los señores, para darme instrucciones sobre el trabajo.
La señora es rubia, alta y muy guapa, se llama Lucía, el marido moreno, muy alto y de buena presencia, se llama Francisco, el niño tiene el pelo rubio, ojos azules, precioso, es muy simpático.
Después del desayuno, me dieron mi puesto de trabajo, tenía que regar las plantas, quitar hojas secas, dar de comer a los animales domésticos, que eran un perro que se llamaba Sultán, dos gatos, "Dora" y "Misifú", dos canarios con vistosos colores, el macho es naranja, la hembra amarilla, son preciosos y cantan mucho, ellos me trasmitían un poco de alegría, la hembra estaba poniendo huevos que después se convertirían en pollitos. Cada día limpiaba las jaulas, la caseta del perro y los baños. Cada semana, baño los

gatos y al perro, limpio el jardín y ordeno el cuarto de las herramientas. Me siento muy a gusto, trabajo encantada con una familia tan buena, me respetan y me tratan muy bien.
Me han comprado ropa nueva y calzado, las tardes me las dan libres por si me apetece salir a dar un paseo, pero prefería quedarme a leer un poco y descansar, aunque, a decir verdad, me hubiese encantado buscar a mi hermana pequeña, que no sé nada de ella hace tiempo. Me imagino que estará preocupada, creerá que me he olvidado de ella, espero arreglar mi situación algún día y retomar nuestras relaciones de buenas hermanas.
- Julia hoy vamos de compras, prepárate, que vienes conmigo, tenemos que preparar una fiesta muy especial.
- ¿Ah, sí, y qué se celebra?
- Mañana es el cumpleaños de Pablito, y quiero que se celebre aquí en casa, en familia.
- Qué bien, ¿cuantos años cumple?
- Cuatro.
- Qué bien, es todo un hombrecito.
- Sí, la verdad es que está muy crecido para su edad. Vendrán algunos amigos y sus primos, hay que preparar una bonita fiesta para mi pequeño.
Después de comprar todo lo que se les ocurrió, entusiasmadas, se pusieron las dos a arreglar el salón, donde celebrarían la fiesta. Al día siguiente encargaron la comida y demás, por la tarde, a la hora del almuerzo, empezaron a llegar los amigos, del niño, los primos, los abuelos y tíos por parte de su papá, y el hermano de mamá, con su mujer y los niños, fueron los últimos en llegar.
Lucía se puso muy contenta al ver a su hermano, hacía tiempo que no lo veía por motivos de trabajo, se fundieron en un fuerte abrazo, después lo hizo con los niños y con la mujer, a los pocos minutos salió Julia de la cocina, Enrique se quedó sorprendido al verla.
- Oye, ¿tú qué haces aquí?
Julia se abrazó a él,
- ¡qué alegría!, no me esperaba verlo aquí Enrique,
Lucía extrañada,

- ¡no sabía que os conocíais!
- Sí, nos conocimos de una forma muy desagradable.
- No recordemos cosas tristes, que hoy es día de alegría.

Y se la presentó a su familia.
Después de las presentaciones y saludos, dieron al niño los regalos que le trajeron la familia y amigos. Pablito aceptó con mucha alegría. Seguidamente se sentaron todos a la mesa y disfrutaron de la fiesta que, acompañada de una buena música, duró bastantes horas. Mientras los mayores charlaban, los niños se divertían en el jardín con los payasos, fue todo muy bonito.
Llegada la noche se despidieron todos. Enrique prometió a su hermana que volvería pronto a visitarla.

Cuando todos marcharon, se encargaron de recoger las mesas y demás, Julia bañó al niño, lo acostó y le contó su cuento, como cada noche, aunque el niño se durmió antes de terminar de escuchar su cuento.
Julia lleva trabajando ocho días y a los señores les parece el tiempo necesario para darse cuenta de que se puede confiar en ella, creen que es una chica honrada y que merece su confianza. La pasaron a dormir dentro de la casa, en el cuarto de invitados. Ella estaba muy feliz trabajando para esa familia tan buena, la tratan como una más de la familia, todos son felices en esta casa.
- Julia, mañana te toca revisión y me gustaría acompañarte al hospital, ¿me dejas?
- ¿Cómo me pregunta eso?, para mí es un privilegio que me acompañe señora Lucía.
- Nada de señora, sólo Lucía, para mí eres como de nuestra familia. Estoy deseando que nazca el niño, lo vamos a recibir como si de mi sobrino se tratara, así que estate tranquila, que tu hijo tendrá un hogar, una familia y todo lo que necesite.

Julia se abrazó a Lucía llorando de emoción. Qué suerte tengo de haberla conocido. Lucía pensaba entre sí, esta muchacha es de la edad de mi hermana y se llama como ella, ¿dónde puede estar? como me gustaría encontrarla, ¿en qué situaciones se encontrará? Por lo menos, mi hermano y yo tenemos contacto, pero de las pequeñas no sabemos nada.
Las dos mujeres se preparan,
- vamos sube al coche, que nos vamos a ver cómo está tu niño.
Conducía despacio y con mucha precaución, hay bastante tráfico y quiere llegar feliz, se merece un pequeño. Necesita unas comodidades, que yo no puedo darle, sin embargo, si las cosas no cambian, mi hijo las tendrá gracias a esta familia tan generosa que se me ha aparecido, sin ni siquiera buscarlo, es como un milagro. Que me haya sucedido esto a mí, después de tanta tragedia y miserias en mi vida…

Lucía se preguntaba entre sí, ¿qué es lo que tiene Julia?, es un cariño especial lo que yo siento por esa chica, es tan profundo, que me recuerda a mis hermanas pequeñas, cuando, después de arreglarlas para irse al cole, les acariciaba sus caritas con ternura y les daba un beso en la mejilla. Esos recuerdos me vienen a la mente cada vez que me acerco a Julia. Tiene algo especial, ¿qué es lo que tiene esa muchacha para que le haya cogido tanto cariño?
- Mamá.
- Hola Pablito.
- Quiero que me lleve Julia al parque.
- Sí, pero antes tienes que merendar.
- Vale.
- Julia, quiero que me des a Pablito, nos tenemos que marchar, es tarde.

El niño se despidió, y ellas también, quedaron para verse al día siguiente en el mismo sitio. Tomaron direcciones distintas, pero una de ellas vive cerca, y fueron hablando y así conociéndose un poco más...

Al llegar a casa, Lucía les dedicó una sonrisa,
- ¿qué tal os lo habéis pasado?,
el niño fue el primero en contestar,
- muy bien, he jugado mucho con mis amigos y hemos dado de comer a las palomas del parque.
- ¡Eso está muy bien!, ¿has hecho muchos amigos?
- Sólo dos, los demás son mayores.
- Ahora hay que ducharse.
Julia lo duchó y le puso el pijama, le dio la cena y lo acostó.
- Tienes que contarme un cuento.
- Claro que sí.
Y como cada noche, le contó un cuento que no terminó, porque el niño se quedó dormido, Julia le dio un beso de buenas noches y le cerró la puerta.
Después de cenar, los mayores se sentaron y se echaron una partida de ajedrez en la terraza, al poco rato Julia se levantó, se tomó un vaso de agua y fue a descansar, mientras el feliz matrimonio seguía con su partida.

Al día siguiente, como cada día, preparó al niño y lo llevó al cole, y al regreso estuvo realizando las tareas de la casa, al terminar, Lucía le propuso ir a ver un cochecito para el bebé, ella se puso muy contenta y acepto. Las dos mujeres se arreglaron, se marcharon de tiendas, y mientras se hacía la hora de recoger al niño estuvieron recorriendo varias tiendas para elegir.
Lucía estaba muy ilusionada con eso de ser la madrina.
- Julia, todavía no me has dicho como vas a llamar al niño.
- Es que me lo estoy pensando mucho. Me gustaría llamarlo Enrique, ¿qué le parece?
- Muy bonito, así se llama mi hermano.
- Precisamente quiero llamarle como él.
- ¿Y eso?
- Porque su hermano ha sido mi salvador. De no ser por él, estaría en la cárcel cumpliendo una condena que no me pertenece.

- No pensemos en el pasado, es triste, pensemos en el futuro, que será mucho mejor, pronto tendremos un bebé en casa que nos traerá alegría a todos, ¿verdad?
- Claro que sí, estoy deseando tener a mi niño entre mis brazos.
- Oye, que también es mi niño, tendrá mucha suerte al tener dos mamás. Porque creo que yo también lo voy a querer mucho, recuerda que soy su madrina.
Julia se echó a reír y se abrazó a Lucía,
- ¡qué suerte tengo de haberte conocido, te portas conmigo como una madre!

Es la hora de ir a recoger a Pablito, Julia se dispuso y se marchó al colegio para recoger al niño. En una calle cercana estaban de obras, y debido a la reparación de los alcantarillados tenían la calle levantada y bastante dificultosa, el día estaba un poco lluvioso y el piso estaba mojado, dio un resbalón y cayó al suelo.
Julia se levantó y siguió caminando, aunque un poco dolorida, se lo contó a Lucía, que quiso llevarla al médico.
- No, si esto no tiene importancia, no es nada.
- Bueno, pues si te sientes mal, lo dices. De todas formas, cuando venga Francisco, te llevo para que te examinen.
Al principio no le hizo mucho caso, era muy leve la molestia y no le dio ninguna importancia.
Prepararon la cena, y después de cenar se marcharon al hospital para que la viera el médico que, después de reconocerla, le dijo que se tenía que quedar ingresada para observarla. A partir de las tres de la madrugada empezó a sangrar. El embarazo se había interrumpido y tendría que guardar reposo, y aunque sólo le faltaban cuatro semanas para salir de cuentas, al día siguiente le empezaron los dolores de parto.
Julia llamó a su amiga, Marina, como había prometido y ésta en cuanto pudo se puso en camino para volver a ver a su amiga. Julia estuvo toda la noche con dolores, Lucía no se separó de ella en toda la noche, el parto venía un poco complicado y hubo que hacer la cesárea ya que el niño venía de espalda.

Sacaron el niño, está bien de salud es un niño muy bonito y perfecto físicamente, sólo que le falta un poco de peso y tiene que recuperar en la incubadora. ¡Mientras tanto!, Julia está muy débil, ha perdido bastante sangre y necesita una transfusión.
Lucía se ha presentado para que le hagan las pruebas, y son compatibles, en ese momento llega su amiga Marina, que se llevó un gran disgusto al verla en esa situación. Mientras las lágrimas rodaban por sus mejillas, Lucía preguntó a la joven,
- ¿conoces a Julia?
- Sí señora, somos amigas. Y no esperaba encontrarla en este estado.
- Sí, es una pena, necesita sangre y quiero donarla, yo quiero que lleve algo mío, que ella lo merece todo.
La muchacha respondió:
- Si necesita más, a mí también me pueden sacar.
En ese momento entra el equipo especializado y llaman a Lucía, al poco rato sale, y Marina le pregunta con impaciencia:
- ¿Cómo está?
- Un poco decaída.
Se sentaron en la sala a esperar que salga alguien que pueda dar información de la parturienta. Después de un buen rato sale el médico, enseguida se pusieron las dos de pie y se acercaron.
- ¿Cómo está?
El medico les contestó muy amablemente:
- Está estable, pero no se preocupen que se pondrá bien, es muy joven y fuerte y se va a recuperar muy pronto.
- Hola doctor, si necesita sangre, pueden hacerme las pruebas y yo la dono encantada.
- Muchas gracias, es bueno saber que hay gente solidaria, si hace falta ya te avisamos.
- ¿Cuándo podemos verla?
- Un poco más tarde, tiene que descansar. Ya se les avisará cuando sea oportuno.
El doctor se alejó y ellas respiraron aliviadas.

- Que simpático es, y que guapo…
- Sí, tiene cara de buena persona.

Ellas dos charlaron bastante mientras llagaba la hora de la visita, se miraban a los ojos y sentían una atracción como si se conocieran de toda la vida.

- Vamos a las incubadoras, que conozcas el niño de Julia.
- ¡Qué bonito y pequeño!

Estuvieron contemplándolo un rato con ternura, después se marcharon y entraron en la cafetería del hospital para tomar algo. Se sentaron en una mesa y tomaron unos bocadillos las dos juntas, no paraban de mirarse, ¿por qué esta atracción?, pensaban estas dos mujeres, ¿qué ocurre, por qué sienten ese cariño tan especial? Creo que nos hemos visto en alguna parte pensaban entre sí, pero dónde…

A las cinco de la tarde, por fin pueden entrar a ver a Julia.

- Hola chica, ¿cómo estás?
- Mucho mejor cuando os he visto.

Se acercaron a la cama y besaron a Julia con mucho cariño, tenían ganas de abrazarla muy fuerte, pero Julia no estaba para muchos apretones, ya llegaría ese día…

Ella preguntó enseguida:

- ¿Habéis visto a mi niño?
- Pues claro que sí, es un niño precioso.
- Estoy ansiosa por coger a mi bebé entre mis brazos.
- No te preocupes, cuando estés un poquito mejor te llevan a verlo.
- ¿Por qué no me lo han traído?
- Es que es un poco prematuro y no lo pueden sacar de la incubadora, cuando te repongas un poco, te llevarán para que lo amamantes.

Al día siguiente la enfermera entró a la habitación para asear un poco a la nueva mamá.

- Julia, prepárate que vas a dar de mamar a tu niño.

Julia se puso muy contenta y enseguida intentó incorporarse, pero no pudo levantarse, se sentía mareada y tenía un poco de fiebre. Ella está impaciente por ver a su niño que aún no conoce, y le dio mucha pena, por no poder realizar ese acto tan hermoso como es ver un hijo por primera vez, en el momento que acaba de nacer, cogerlo entre los brazos y dar el pecho que es lo más tierno y maravilloso del mundo.

- No puedo esperar más para ver a mi niño, es toda mi ilusión. Durante el tiempo que lo he tenido en mis entrañas he soñado con el momento de sentirlo sobre mi pecho y escuchar los latidos de su corazón sobre el mío, sentir su respiración y su calor sobre mi pecho, así que no puedo esperar más, para disfrutar de todas esas maravillas.
  Enfermera, por favor lléveme a ver a mi niño, aunque sólo sea un momento.
- Lo siento, pero yo no puedo hacerlo sin el permiso del médico. Te prometo que mañana hablaré con él, y si puedes te llevo con mucho gusto. Y no te preocupes, que muy pronto estarás recuperada y podrás disfrutar de tu hijo todo cuanto quieras.

La enfermera se lo comunicó al médico, y ordenó sacar la leche materna, aunque no se la darían al niño. Julia tenía un poco de fiebre, según el médico tiene que permanecer unos días más en el hospital hasta su recuperación.

Pasados unos días le dieron a Julia la noticia que tanto esperaba:

- Hola Julia, Buenos días.
- Buenos días señor doctor.
- ¿Cómo te encuentras?
- Estoy muy mejorada, y mi niño, ¿cómo está?
- No te preocupes, tu niño está perfecto. Mañana te lo vas a enganchar a ver si toma el pecho, la enfermera te indicará la hora.

Al día siguiente la llevaron para que amamantara al pequeño Enrique. Julia enseguida se lo engancho, aunque con mucha torpeza, pues eso era nuevo para ella y no tenía ninguna experiencia, pero se sentía la mujer más feliz del mundo con su hijo entre sus brazos.
Al principio le costó, el niño también estaba bastante torpe, pero al final madre e hijo se compenetraban muy bien. Siguió dando las tomas necesarias cada día.

El médico pasaba consulta cada mañana, y miraba a Julia de una forma especial, ¡qué muchacha tan bonita y educada!, me siento atraído por ella, creo que me estoy enamorando.
Julia también se siente atraída por el médico. Aunque es un poco mayor que ella, es muy guapo y atractivo, y además es un buen médico, y mejor persona.
Julia mañana te daré el alta. Puedes venir cada día a dar el pecho a tu hijo, así nos podremos seguir viendo. Al día siguiente, después de pasar consulta, se despidió de Julia y le firmó el alta médica.
Ella seguía visitando a su hijo, cada día, se cruzaban en el pasillo.
- Hola Julia.
- Buenos días doctor.
- Deja de llamarme doctor, tú ya no eres mi paciente, lo que quiero desde ahora, es ser tu amigo, si me lo permites…
- Por supuesto que sí, podemos salir a tomar algo.
- Vale, quedamos a las ocho.
Se miraron a los ojos y sonrieron.
- Nos vemos a las ocho.
- Muy bien.
Como había prometido, fue a recogerla a su casa, estaba muy feliz de aquella cita con el doctor, al mismo tiempo nerviosa, se lo contó a Lucía y le pareció muy bien que saliera un poco a divertirse, ya está bien de penas.
- Ponte muy guapa y pásalo bien, que te lo mereces, creo que es un buen hombre.
- Sólo vamos a tomar algo, volveré pronto.

- Hasta luego.
Se despidieron con un beso, y la siguió desde la ventana, hasta que se subió en el coche del doctor.
- ¿Dónde me lleva?
- Es una sorpresa, creo que te va a gustar.
La llevó a un sitio muy bonito, estuvieron cenando en la terraza bajo un árbol, fue una velada maravillosa.
- Gracias señor.
- ¡No me llames así!, llámame Eduardo, no olvides que somos amigos.
- Me lo he pasado muy bien contigo, Eduardo.
- Yo también me he sentido muy a gusto a tu lado.
- Cuando quieras, podemos repetir.
- Ya iremos sobre la marcha.
Ella cada día va al hospital a visitar a su hijo, y se ven y hablan un poco de todo.
Conforme van pasando los días se va transformando esa amistad en algo más.
El bebé ha recuperado su peso normal y tiene que irse a casa, le dan a Julia la noticia de que su niño está perfecto y se lo puede llevar. Ella se pone muy contenta por su hijo, sin embargo, ya no tendrá ocasión de ver a Eduardo tan frecuentemente.
- Julia, me alegro que tu hijo esté recuperado.
- Gracias doctor, les estoy inmensamente agradecida a todos en general, se han portado maravillosamente bien con nosotros. Les estaré eternamente agradecida.
- Si quieres, puedo visitarte de vez en cuando por si necesitáis algo de mí.
- Por supuesto, puede venir cuantas veces quiera, será muy bien recibido.
- Hasta pronto Julia.
- Hasta pronto Eduardo.

Los dos jóvenes se despidieron, y salió con su niño en los brazos acompañada por Lucía. Esa noche fue una fiesta, todos alrededor del niño, estaban felices al tener el pequeño en casa.

Al día siguiente por la tarde, llaman a la puerta, ¡sorpresa!, es el doctor, le abre Francisco.
- Hola doctor, pase.
- Perdone, vengo a visitar a Julia, si puedo.
- Por supuesto que sí, Julia para nosotros es como una hija, los amigos de ella serán nuestros amigos.
- Muchas gracias Francisco.
En ese momento sale Julia de la cocina.
- Hola, siéntate por favor.
Lucía también sale de la cocina limpiándose las manos.
- Buenas noches señor, estamos preparando la cena, ¿puede quedarse a cenar?, será un honor para nosotros si acepta.
- Si es así, para mi será un placer.
Después de cenar se quedaron un buen rato, charlando. ¡Fue todo tan ameno!, que se pasó el tiempo sin darse cuenta. El doctor aprovecha para pedir a Julia que acepte salir con él. La chica, emocionada, aceptó encantada.
Después lo hizo con los señores Francisco y Lucía:
- Por favor, me gustaría me permitiesen salir con Julia.
- Por nosotros no hay inconveniente, sólo ponemos una condición, y es que, si se acerca a Julia, que sea con buenas intenciones, como ya sabe, la queremos como una hija.
- No se preocupe por nada, que sabré quererla y respetarla como se merece.
- Si es así, tiene nuestro permiso.
Desde ese día, siempre que podía, iba a visitarla y salían a dar un paseo con el pequeño Enrique, se lo pasaban muy bien juntos, ya que se habían enamorado locamente.

Han pasado ocho meses, el niño está precioso, es un niño sano y despabilado, hay que bautizarlo, y el bautizo se celebrará en familia. Lucía estaba muy ilusionada con eso de ser la madrina, había que ir a la parroquia y pedir cita para el bautismo del niño. Julia y Lucía se pusieron en marcha hacia la casa parroquial, donde enseguida las atendió un párroco un poco mayor, pero muy agradable. Allí fueron las dos sorprendidas, ya que cuando les pide los datos el sacerdote, descubren que son hermanas, tienen los mismos apellidos y los mismos padres. No pueden dar crédito a lo que estaba ocurriendo.

- ¡No puede ser!, somos hermanas y no lo hemos sabido hasta ahora, ¡qué alegría!

Las dos se fundieron en un abrazo y dieron gracias a Dios por haber descubierto esa verdad tan maravillosa.

- Ay, querida hermana, algo me decía que tú para mí eras especial. Tanto tiempo viviendo juntas y no hemos descubierto la verdad hasta ahora, ha sido el pequeño el que nos ha unido. Voy a llamar a nuestro hermano para contárselo, qué contento se va a poner cuando lo sepa, al fin nos vamos encontrando.

Enrique en cuanto lo supo, se puso en camino para poder abrazarla como su hermana, ya que tantas veces se preguntaba ¿qué habrá sido de mis hermanas? Él vivía con la esperanza, de que alguna vez se encontraría con algunas de ellas.

El viaje se le hizo muy largo, pensando en reunirse con sus hermanas, y particularmente con aquella muchacha a la que había ayudado sin saber que era su hermana.

Es un buen hombre y no le gustan las injusticias, por eso es que se prestó a ayudar a aquella muchacha a la que ni siquiera conocía de nada, sólo quiso ser justo, y protegerla de una injusticia que se había cometido con una niña inocente sin importarle el daño que le pudiera causar.

Al llegar Enrique a casa de su hermana le temblaban las piernas, se abrazaron los tres llorando como niños, qué alegría más grande poder abrazar a su hermana después de tanto tiempo sin saber nada de ella.

- ¡Esto es como un sueño, del que hemos despertado, y hay que celebrarlo!

Salió toda la familia a celebrar el acontecimiento.

- Julia, querida hermana, ¡para mí has nacido hoy!

Estuvieron toda la tarde celebrando el reencuentro, después volvieron a casa, acostaron los niños y siguieron con la fiesta en casa, hasta altas horas de la madrugada.

No podían creer lo que estaba ocurriendo, tenían mucho de qué hablar y la noche se les hizo corta, Julia flotaba como en una nube, al fin se cumplía lo que ella tanto deseaba, el que su hijo tuviese una familia, y su deseo se le hacía realidad. Ya tenía a quien llamarle tíos y a sus primos para jugar con ellos, no se puede ser más feliz.

Enrique se marchó al día siguiente por la tarde,

- cómo me gustaría quedarme más tiempo, pero tengo que trabajar mañana, nos vemos el día del bautismo, sin falta.

Se despidieron con un fuerte abrazo y se marchó muy feliz.

Mientras tanto, ellas preparaban las listas de invitados para el bautismo, en la que incluían también a su amiga Marina, que aceptó encantada.

La fiesta sería grande, ya que había mucho que celebrar. Llegó el día tan esperado y asistieron todos los familiares y amigos, y gran parte del personal sanitario, teniendo en cuenta que el novio de Julia es médico. Marina llegaba a primera hora, y cargada de regalos que llevaba directamente a casa de Julia. Cuando se encontraron frente a frente se fundieron en un abrazo las dos chicas.

- Julia, como me alegro de que al fin hayas encontrado la felicidad.

- Gracias amiga, tú también formas parte de ella, te encontré cuando más lo necesitaba, tú me ayudaste en todo y eso nunca lo olvidaré.

En ese momento se acerca Lucía, que también se abraza a Marina fuertemente.

- Hola Marina, ¡qué alegría me da al verte de nuevo por aquí!
- A mí también me da mucha alegría el volver a verla, señora.
- Bueno, quiero ver cómo está al pequeño.
- Muy bonito y gracioso, es que está dormido, cuidaré no despertarlo.
- Pero no puedo aguantar más sin verlo.

Las tres mujeres se dirigen hacía la cuna donde dormía plácidamente.

- ¡Qué bonito y hermoso!
- Sí, estoy encantada por ser la madrina de mi sobrino.
- ¿Cómo dice?
- Sí, como lo oyes, Enrique ha sido la causa de que nos encontremos, la madre del niño y yo somos hermanas, y gracias a su bautismo nos hemos encontrado.
- Y, ¿cómo es eso?
- Cuando éramos pequeñas nos separaron, a mí me adoptó una familia buenísima, me dieron mucho cariño y fue muy feliz mi infancia, no me faltó de nada, me dieron los mejores estudios, fueron unos padres estupendos y fuimos una familia muy feliz. Un día salieron de viaje y tuvieron la mala suerte de morir en un accidente, y me quedé sola, yo tenía 22 años, al poco tiempo conocí a mi marido y nos casamos pronto, no soportaba la idea de vivir sola con tantos recuerdos, aunque muy bonitos.
  Pero tuve la suerte de tropezar con el hombre más bueno del mundo, y somos plenamente felices. Conocimos a Julia y le dimos trabajo en nuestra casa, y sin saberlo, la tratamos como un miembro más de la familia, la sorpresa ha sido, cuando dimos nuestros apellidos para exentar el niño para el bautismo, y nos dimos cuenta de que somos hermanas.
- Ah, yo también soy adoptada, mi historia es parecida,

mis padres son gente trabajadora, pero muy honrados y buena gente, somos una familia muy unida y feliz. Mi abuela es maravillosa, nos queremos mucho, es muy buena conmigo, soy su única nieta, y está encantada conmigo. Yo quiero muchísimo a mi abuela.
- Y, ¿dónde te adoptaron tus padres?
- En una casa de acogida. Mis padres biológicos me abandonaron cuando tenía 9 años.
- Ah, ¿sí?, ¿tienes más hermanos?
- Sí, creo que éramos cinco, pero no conozco a ninguno.

A Lucía y a Julia le temblaban las piernas, se estaban imaginando lo que estaba a punto de ocurrir.
- Te llamas Marina, pero ¿te importa decirnos tus apellidos?
- Ningún problema, mis apellidos y mi nombre no me los cambiaron, era un poco mayor cuando me adoptaron y mi madre no le ha importado dejádmelos, nunca me han ocultado que soy adoptada, cuando le pregunto por mi familia nunca se enfada, sino todo lo contrario. No le importaría que encontrase a mi familia para que no me sienta sola, ya que mi madre no tiene ni hermanos ni hijos, y le hubiese gustado tener una gran familia.
- Marina, por favor ¿cuáles son tus apellidos?
- Sánchez Martínez.
- Dios mío, ¡qué suerte!, nos hemos encontrado. Somos hermanas, y a las tres el destino nos ha unido.

Se abrazaron llorando,
- ¡qué alegría!, estamos juntas las tres, se ha restaurado nuestra familia: Sólo nos falta la pequeña Elena, y mañana sin falta iremos a buscarla.

El pequeño Enrique nos ha unido a todos, bendito sea Dios por ponerlo en nuestro camino.
- Marina, mi querida hermana, tú no te puedes ir de aquí esta noche. ¡Hay que celebrarlo!
- Sí, voy a comunicárselo a mi madre, para que no se preocupe. Estoy segura que se alegrará de todo esto, es lo que ella quería.

- Pues Marina, desde hoy tu familia será también la nuestra.
- Gracias, Dios mío, por volver a encontrarnos después de tantos años sin saber nada unos de los otros.
- Que felicidad tan grande, hemos recuperado a gran parte de la familia, que hacía tantos años que no teníamos contacto, y en poco tiempo nos vamos encontrado.
  Sólo nos falta encontrar a nuestra pequeña Elena, y la encontraremos.

Al poco tiempo llegó Enrique con su familia, al que pusieron al corriente de la feliz noticia. Él se puso como loco de alegría, y los cuatro hermanos se abrazaron llorando emocionados.
Los invitados no podían dar crédito a lo que estaba ocurriendo.
Arreglaron el niño y se marcharon camino de la Iglesia, donde aguardaba el resto de los invitados.
Fue una gran fiesta, ya que había mucho que celebrar, se derrochaba alegría por todas partes, la fiesta duró hasta altas horas de la madrugada.
El señor doctor aprovechó la ocasión, para presentar a Julia oficialmente como su prometida.
Al terminar la fiesta, todos se despidieron felices y contentos dando las gracias por lo bien que lo habían pasado, fue un día inolvidable.
Dos días después empezaron las gestiones para encontrar a la hermana pequeña. Julia acompañada por Lucia, llegó al internado donde se había quedado estudiando la última vez que la vio.
Llamaron y salió una monjita.
- ¿Qué desean?
- Venimos buscando a mi hermana que cursaba estudios en este colegio.
- Dígame el nombre, por favor.
- Se llama Elena Sánchez Martínez.
- Lo siento, aquí no hay ninguna alumna con ese nombre.
- Por favor, nos puede dar la dirección para localizarla.
- Un momento voy a mirar. Sí, es cierto que estuvo aquí,

pero se marchó a Sevilla hace un año.
- ¿Nos puede dar la dirección?
- Lo siento, no podemos, son niñas que están bajo nuestra tutela y sólo se puede facilitar la dirección en casos especiales.
- Este es un caso muy especial.
- ¿Y qué tiene de especial?
La monja, escuchó lo que a continuación le contaban las hermanas Julia y Lucía.
- Si eso es como dicen, haré lo que esté en mis manos. Tráiganme documentos que acrediten que es cierto lo que dicen, y veré que puedo hacer.

Las hermanas se despidieron de la monjita agradecidas por atenderlas. Y siguieron con los trámites, fueron a todos los sitios donde había estado, recopilaron todo lo necesario y lo llevaron al internado y, después de muchos trámites, por fin le comunican que pueden ir a visitar a su hermana.

Todos estaban ansiosos por reunirse con la pequeña Elena, así que se pusieron en camino, Lucía acompañada de su marido, y Julia y Marina. Eran tantas las ilusiones que tenían puestas en ese encuentro, que el camino se les hizo larguísimo.

Por fin llegan a Sevilla, y después de dar unas cuantas vueltas, llegan al colegio donde se encuentra Elena.
Llamaron y contestó la monjita encargada de la portería, se lo comunicó a la madre superiora, que ordenó les hicieran pasar a una cómoda sala, donde reciben a los familiares de las alumnas.
- Pasen y siéntense por favor, ahora viene su hermana.
Cuando le comunicaron a Elena la noticia, estaba limpiando en la capilla con unas compañeras.
No podía creer lo que estaba escuchando de los labios de Sor Ángela.
- ¿De verdad están aquí mis hermanas?
- Sí, señorita Elena,

le contestó la monja.
- No puede ser.
- Vaya, vaya y lo comprueba, sus hermanas han venido a visitarla.
Ella gritaba y lloraba, era una emoción tan grande que no se podía contener.
Las compañeras la animaban:
- Corre, vete y disfruta de tu familia, que ya terminamos nosotras.
Elena corrió a reunirse con sus hermanas, no podía dar crédito a lo que le estaba ocurriendo, y cuando llegó a la sala, donde le aguardaban sus hermanas, gritaron de alegría y las tres se fundieron en un abrazo con lágrimas de emoción. Fue un encuentro muy emotivo, se reconstruyó una familia desecha, después de muchos años sin tener ningún tipo de contacto, pero sin perder las esperanzas de poder encontrarse algún día.

Y ese día había llegado por suerte, todos estaban emocionados con tal encuentro y fueron muy bien recibidos. Por parte del colegio organizaron una comida especial para dar la bienvenida a la familia de Elena, que disfrutaron todos junto a las compañeras de Elena, y así pudieron conocerse. Que a su cuñado aún no lo conocía.
Después de comer le dejaron la tarde libre para que salieran a dar un paseo por Sevilla. Lo pasaron maravillosamente bien, todos juntos, ¡cuánto disfrutaron, ese día!, fue como un sueño del que no querían despertar.

Fue todo muy agradable, se pasaron toda la tarde visitando cosas muy interesantes de esa gran ciudad como es Sevilla.
Se sentían tan a gusto juntos que no hubiesen querido que el día terminara, pero llegó la hora de despedirse, a pesar de todo el tiempo se había cumplido y cada uno tenía que tomar su camino.
Se despidieron prometiendo que nunca más se iban a separar.
- Seguiremos en contacto todos, para siempre.
- Os haré una visita en cuanto pueda, tenemos que recuperar el tiempo perdido.

- ¡Por supuesto que sí!
Marina también se despidió de sus hermanas, haciendo la misma promesa.
- Nunca más nos vamos a separar.
Desde ese día, permanece toda la familia en contacto.

Julia y el doctor están muy enamorados y son muy felices. El doctor le ha tomado mucho cariño al pequeño Enrique, ya que ayudó a traerlo al mundo, y lo cuida como si de su hijo se tratara.
El niño es muy guapo y gracioso, es la alegría de todos.
Lucía se siente muy feliz con la llegada del bebé, Pablito está encantado con su primito, y cuando viene del cole, corre de inmediato a dar un besito a su primo. Enrique se ríe mucho cuando lo ve llegar y patalea de alegría. Están para comérselos.

Julia va cada día a un centro de formación, donde se prepara enfermería, quiere trabajar como enfermera en la clínica de la Sagrada Familia, que es donde trabaja su novio y se lo ha pedido él.
Julia, que es una chica muy estudiosa, ha aceptado encantada, le va muy bien en los estudios, es muy inteligente y perseverante.
Está muy contenta, aunque, por otra parte, tenga que ausentarse de su niño unas horas.
Sin embargo, está tranquila porque sabe que su hermana tiene debilidad por él y lo cuida como si de su hijo se tratara.

Por la mañana tienen a una chica que se encarga de llevar a Pablito al cole, y después saca a pasear al pequeño Enrique, mientras llega la hora de recoger a Pablito.
Julia llega a las tres de la tarde, un poco cansada, pero no le importa, le gusta estudiar y está muy contenta.

Le hace ilusión trabajar junto a su prometido, y por eso es que tiene que prepararse bien. Quiere ser una buena profesional en sanidad, y algún día llegar a formar un buen equipo. Ya que son tan felices trabajando juntos, serán la pareja perfecta.

Julia y Eduardo salen por las tardes a pasear con Enrique, que es muy gracioso y se cría muy sano y desarrollado, ya empieza a dar sus primeros pasos, se cae mucho y se ríe cuando se levanta. Eduardo le quiere mucho y quiere adoptarlo como su hijo. El niño le llama papá y son todos muy felices.

El doctor ha pedido a Julia matrimonio.
Ella, ve conveniente esperar un poco, para conocerse mejor, él no está muy de acuerdo, está harto de estar solo, y quiere formar una familia con Julia y Enrique, que es su debilidad. Ella le ha pedido esperar hasta las vacaciones, para estar un poco más tranquilos, y así poder disfrutar de su tiempo libre juntos.
- Vale, tú ganas. No espero ni un día más. Mañana voy a pedir tu mano y fijar fecha de boda.
Ella se emocionó mucho, ya que está loca por Eduardo y sabe que es un buen hombre y la quiere de verdad.

Al día siguiente, después de cerrar la consulta y descansar un poco, se arregla y se dirige a casa de Lucía y Francisco para cumplir con lo prometido. Llamó a la puerta y como siempre fue muy bien recibido.
- Hola. muy Buenas tardes familia.
- Hola Eduardo, siéntate que voy a avisar a Julia, que se está arreglando.
- No te preocupes, no tenemos prisa, hoy mi visita es más importante que otros días.
- ¿Se puede saber por qué?
- Sí, a su debido tiempo.
Mientras, Julia y Enrique se pusieron muy guapos para la ocasión.
Al ver aparecer a su novia, se puso de pie y muy nervioso le dijo:
- Cariño, estás radiante.
Sacó un anillo de su bolsillo y, cayendo de rodillas ante ella, le dijo muy entusiasmado:
- Julia, ¿quieres casarte conmigo?

- Sí quiero, amor mío.
Lucía y Francisco estaban encantados con la noticia, y le felicitaron con un fuerte abrazo y después salieron a celebrarlo las dos parejas con los niños.
A partir de ese día empezaron con los preparativos de la boda. El doctor lo comunicó enseguida a sus padres que viven en Francia y aún no saben de la existencia de la relación de su hijo con Julia...
Lo cual fue una sorpresa muy agradable, pues su hijo estaba muy lejos de casa y en España no tiene ninguna familia, aunque los compañeros son estupendos y se llevan todos muy bien, pero sus deseos son que tenga su propio hogar y forme una familia con esa chica tan maravillosa que tanto le gusta.

- Hijo, ¿cómo es esa chica?
- Mamá, es muy guapa y honesta, trabajadora e inteligente.
- Siendo así, te damos nuestra enhorabuena, nuestros deseos son tu felicidad, si tú eres feliz, tus padres también lo son, pero dime hijo, ¿cómo no nos lo has dicho antes?, es una estupenda noticia.
- Quería estar completamente seguro de su amor, antes de comentarlo. Estoy deseando que conozcáis a mi prometida, creo que os va a gustar, es una chica encantadora, estoy seguro que os vais a llevar muy bien.
- Eso espero, tú te mereces una buena compañera. Será un placer conocer a la mujer que has elegido para compartir tu vida. Tu padre y yo te prometemos que en breve marcharemos a España para conocerla.
- Os estaré esperando impaciente.

Los padres del doctor tienen una empresa de cosmética en París. Aunque son españoles, llevan muchos años en Francia, y están locos por volver a su país de origen. En primer lugar, para poder disfrutar un poco de su hijo, al que hace tiempo que no ven, y de paso conocer a Julia, que lo están deseando. Pero antes tienen que dejar las cosas de su empresa ordenadas y de inmediato volverán a España, su tierra natal, que añoran y recuerdan con tanto cariño.

Como habían prometido a su hijo, hicieron las gestiones y se pusieron en camino, tenían muchas razones para volver a España. El viaje lo hicieron acompañados por uno de sus nietos del hijo mayor.
El chico no conoce España y pide a sus abuelos que le traigan para poder conocer esa hermosa tierra que tantas maravillas le cuentan de ella los abuelos, ellos aceptan encantados. El viaje trascurrió felizmente.

Al llegar al aeropuerto, Eduardo los está esperando con una gran alegría. Al tomar tierra, él enseguida los localiza y acude a abrazar a sus padres y sobrino. Eduardo acaricia el pelo con cariño.
- Chico, como has crecido.
El niño sonríe y besa a su tío.
- ¡Hola tío!
Aunque ha nacido en Francia, domina el español a la perfección. En casa todos hablan en lengua española y los chicos la practican cada día.
Después de recoger las maletas, suben al coche y se dirigen al hotel que ya tienen reservado, se instalan y después de descansar un poco, se preparan para ir a visitar a Julia.
Ella se puso muy guapa, para recibir a sus futuros suegros, aunque también un poco nerviosa.
Mientras, Eduardo se dirige a casa de Julia para presentársela a sus padres, los cuales fueron muy bien recibidos, lo tenían todo dispuesto para pasar una agradable velada. Ellos trajeron regalos para todos, que después de las presentaciones, los visitantes se dispusieron a repartir entre los miembros de la casa.
A la novia, además de un lote estupendo de cosmética, le han regalado una maravillosa pulsera de pedida.
- Julia, hemos venido a conocerte y a pedir tu mano. Os deseamos seáis muy felices en vuestro matrimonio.
Será nuestra mayor alegría ver casado a mi hijo con una mujer que

le ame, y creemos que esa mujer eres tú, te damos nuestra enhorabuena y seas bienvenida a nuestra familia.
A pesar de estar un poco cansados por motivos del largo viaje que han realizado, han pasado un rato muy agradable junto a la familia de Julia, que es una gente encantadora.

Se despidieron y quedaron para salir al día siguiente y visitar un poco la ciudad.
Esa noche descansaron en un hotel estupendo cerca de la playa. Se levantaron un poco tarde, ya que estaban muy cansados. Después de desayunar, se bajaron a la playa a disfrutar un poco de esa riqueza que nos regala la madre naturaleza.
Se bañaron y tomaron el sol bajo el cielo azul y radiante de la costa andaluza, en la que permanecieron hasta la hora de la comida, en que volvieron al hotel para almorzar, después se echaron una siesta como buenos andaluces. Sobre las siete de la tarde recogieron a Julia, para salir a dar una vuelta y tomarse algo, los recién llegados disfrutaban muchísimo del ambiente que se respira en España, sus gentes tan amables, sus costumbres, la dieta tan sana, y sobre todo la alegría con que la gente vive. Ellos son muy alegres, y muy españoles, sueñan con volver un día no muy lejano a su país de origen que tanto añoran.

A su nieto, también le ha encantado Andalucía, tiene catorce años, dice a sus abuelos:
- Me gusta mucho España, tenemos que venir más veces.
- Por supuesto volveremos a la boda de esta pareja, que será pronto.
- ¡Qué bien!, exclamó Pierre.
Los novios se miraron sonrientes y se besaron en la mejilla.
Los padres de Eduardo les dedicaron una mirada de satisfacción y susurraron en voz baja:
¡Qué felices se ven, verdad!, ojalá les vaya bien en su matrimonio, respondió Miguel:
- Estoy seguro, no hay más que verles cómo se miran y que felices se les ve.

Mientras, los novios bromeaban con Pierre, que es un chico muy abierto y simpático.
Se lo estaban pasando tan bien, que no tenían ganas de marcharse. El paseo estaba muy concurrido, a pesar de que era tarde, había mucha gente en la calle y se estaba muy a gusto al lado de la playa, respirando esa brisa tan maravillosa que nos regala la madre naturaleza.
Elvira fue la primera en levantarse.
- Chicos, estamos muy a gusto, pero es tarde y hay que irse a descansar.
- Tienes razón, se nos ha pasado el tiempo muy rápido.

Se levantaron todos de la mesa y se fueron dando un paseo hasta el hotel donde se hospedaban, los recién llegados les acompañaron. Eduardo y Julia, después de dejarlos en el hotel, continuaron el paseo hasta llegar a casa de Julia, que está un poco más lejos. Al llegar a casa, fue Lucía la que franqueó la puerta para que pasaran.
- Hola, ¿qué tal el paseo?
- Muy bien, hemos estado recorriendo un poco la ciudad, y después nos hemos ido al paseo marítimo que está bastante animado.
¿Qué queréis tomar?
- Sólo un vaso de agua fresca, es lo que apetece con tanto calor.

Tomaron el agua y se despidieron, no sin antes echarle un vistazo a los niños, que son su debilidad. Entraron Julia y Eduardo muy despacio para no despertarlos, dormían plácidamente.
- Que tranquilos están, da gusto verlos, parecen dos angelitos.
Cerraron la puerta de la habitación, después se despidió de ellas y se marchó.
Es viernes, y tienen todo el fin de semana libre para acompañar a sus padres que quieren aprovechar estos días para visitar algunas provincias de Andalucía, y le han pedido a su hijo y su novia que les acompañen.

- Por supuesto que sí, lo haremos encantados, bueno papá, ¿dónde quieres ir?
- En primer lugar, queremos ir a Granada, que es maravillosa. Y si nos da tiempo nos gustaría visitar Sevilla, que también es preciosa, y sus gentes son muy alegres y simpáticas.

Al día siguiente madrugaron un poco más que de costumbre. Se pusieron en camino hacía Granada, a la que estaban deseosos de llegar y poder visitar las maravillas que guarda esa gran ciudad. Pasaron un día estupendo. Visitaron cosas muy interesantes, como son la catedral, la Alhambra, el Albaicín, el Sacromonte con sus zambras gitanas, y otros muchos más rincones maravillosos que posee la gran ciudad de Granada.
Les gustó tanto, que decidieron quedarse cuatro días para poder conocer un poco más la ciudad y disfrutar de tantas cosas buenas como ofrece esta maravillosa tierra.

Eduardo y Julia tuvieron que regresar a su destino. Él tenía trabajo en el hospital, y ella tenía que seguir con sus clases de enfermería, aunque le hubiese gustado quedarse, el deber los llama.
- Nosotros tenemos que marchar, pasadlo bien, nos vemos a la vuelta.
Se despidió de los padres, mientras el sobrino bromeaba con su tío:
- Oye, yo no me quiero ir de Granada.
- Ah, sí, ¿te gusta?
- Sí, mucho es maravillosa.
- Puedes venirte a estudiar aquí.
- No creas, ¡todo es posible!, me gustaría estudiar en España. Es todo tan bonito, tan maravilloso, sus gentes, su clima, la gastronomía, la alegría con que se vive en este maravilloso país, al conocerlo me he quedado prendado.
- Bueno Pedro, quédate disfrutando de todo, pásalo bien, nosotros nos tenemos que marchar a casa. Es lunes y me toca trabajar en el turno de noche, y Julia también tiene sus clases a partir de las cuatro de la tarde.

Julia y Eduardo iniciaron su viaje rumbo a Almería, y fue un trayecto muy agradable, hicieron una parada en el camino en un pueblo costero en el que comieron, y después se dieron un baño y continuaron el camino hasta llegar a su destino.
Después de acompañarla a casa, se despidió con una caricia y un beso.
- Hasta mañana, mi amor.
A él le toca el turno toda la noche y no se pueden ver hasta el día siguiente.

Mientras, la familia del doctor se lo estaba pasando estupendamente en Granada, visitando monumentos y demás.

Han pasado los días estipulados, y deciden irse de Granada para seguir visitando otra ciudad como Sevilla, que les apetece mucho conocer. Tienen muy buenas referencias de esa bonita ciudad y no quieren marchar sin conocerla.
La última noche de su estancia salen para tomar unas tapas, algo típico de Granada, cuando de pronto aparece un antiguo amigo acompañado por su mujer, que también habían salido a tomar algo.
Se quedaron sorprendidos al verse los dos amigos, después de tanto tiempo sin tener ningún tipo de contacto, se abrazaron mutuamente.
Se veía notablemente la alegría del encuentro. Tanto tiempo sin verse, lo que hizo que la velada se prolongara un poco más, hablaron y se rieron mucho, recordando sus tiempos de estudiantes y las travesuras que solían hacer en aquellos años locos de adolescentes.
Pasaron un rato muy agradable todos, en la terraza del bar al fresco de la noche.

Antes de despedirse, quedaron para salir al día siguiente a comer todos juntos. Lo que hizo que se quedaran otro día más en Granada, en este caso acompañados por unos buenos amigos.

Como habían acordado la noche anterior, se reunieron en el restaurante elegido a la hora del almuerzo, y después de comer estuvieron toda la tarde juntos, paseando por la ciudad. Al final y ya por la noche subieron al Sacromonte, y pasaron una velada viendo las zambras gitanas, y según ellos se llevan de España un recuerdo inolvidable.
Terminada la fiesta cada cual tomo su destino, prometiendo no volver a perder el contacto nunca más.

Al día siguiente, después del desayuno, dispusieron el viaje hacia Sevilla, donde permanecieron otros cuatros días más recorriendo la ciudad y visitando cosas maravillosas, como la Isla de la Cartuja, la Giralda, la Torre del Oro, y otras muchas cosas bonitas que tiene Sevilla.
Les han cautivado sus gentes tan simpáticas y alegres como son los sevillanos.
Lo han pasado genial, han sido unos días maravillosos. Sintiéndolo mucho, hay que despedirse de las vacaciones, no hay más remedio que seguir con la tarea del día a día.

Marchan a Almería para agotar los días que quedan, al lado de su hijo. Ya en Almería, siguen disfrutando de los pocos días que les quedan para marchar.
A pesar de que les gustaría seguir descubriendo más cosas bellas, deciden terminar las vacaciones disfrutando de las playas tan limpias y bonitas como son la de esta ciudad. No quieren desplazarse más, ni siquiera a los pueblos vecinos, que ya les gustaría conocer. Esos pueblos costeros tan bonitos, pero eso será en la próxima ocasión...

Ahora lo importante es pasarlos al lado de su hijo y Julia, que para ellos es como de la familia.
Esos días han salido con Julia, su hermana, el marido y los niños, y están orgullosos de tener una familia tan agradable como es la

familia de Julia, que ellos ya consideran de su familia. La noche de la despedida tuvieron una cena familiar en casa de Lucía, disfrutaron de una suculenta comida que prepararon Lucía y Julia.
Los visitantes quedaron encantados con los manjares tan ricos que ofrece la dieta mediterránea.
Después de cenar, hablaron sobre los preparativos de la boda. Quieren que sea cuanto antes, sus sueños son que su hijo forme su propio hogar junto a Julia y Enrique, que lo consideran ya su nieto. Es un niño muy gracioso y cariñoso, se ríen mucho con él. Cuando comienza a hablar con su lenguaje chapurreado se lo comen a besos, Enrique también les da besitos, y dice:
- ¡Abelo!,
y los abuelos lo aprietan sobre su pecho y lo abrazan tiernamente.
Los niños ya estaban durmiendo y los mayores también tienen que hacerlo, mañana espera un día duro, hay que descansar.
Los visitantes se despiden muy amablemente, dando las gracias por tanta amabilidad, por la cena, y por ser tan buena gente.

Al día siguiente se levantaron temprano, es la hora de marchar, el doctor y Julia fueron a llevarlos al aeropuerto y los acompañaron hasta que montaron en el avión. Se quedaron muy tristes al ver como se alejaba y se perdía en la inmensidad del espacio.
El viaje es largo, pero transcurrió felizmente. Al llegar a Francia bajaron del avión y enseguida se pusieron en contacto con la familia que dejaban en España.

Pasados los días de descanso, hubo que volver a la rutina del trabajo, aunque recordando todas las maravillas que han vivido en sus vacaciones en España.
Se sienten muy satisfechos por ello, y por haber tenido ocasión de conocer a la persona con la que su hijo va a compartir su vida y el niño de Julia, que les ha cautivado. Tanto es así, que cada día hablan telefónicamente y ponen al niño para escucharle hablar, reír, o llorar, por tal de escuchar su voz, todo vale.

Mientras tanto, Julia y Eduardo siguen con los preparativos de la boda, han ido a recoger las llaves del piso y ahora toca amueblar, están muy ilusionados con todas esas cosas, Lucía les acompaña a elegir los muebles, en pocos días se los dan, son muy bonitos y elegantes.
Los tres salen muy contentos, creen haber hecho una buena elección, ha pedido a los decoradores instalar los muebles cuanto antes.
- No se preocupe, que en una semana lo tendrá todo montado, cortinas, decoración y muebles.

Mientras tanto, ellos, en los ratos libres, siguen buscando la vajilla y menaje de cocina, cristalería y todo lo demás, aunque también es cierto que les han regalado muchísimas cosas sus amigos y familiares.

Por fin terminan de amueblar el piso, que ha quedado precioso.
Lo próximo es pedir cita y fecha de boda en la parroquia.
Ya sólo falta la lista de invitados, que son bastantes.

Eduardo se pone en contacto con su familia para informarles de cómo lleva las cosas del feliz acontecimiento. Los padres están contentos al saber que está próxima la boda de su hijo, que tanto desea.

Toda la familia acoge la noticia con entusiasmo, y también preparan las ropas adecuadas para la ocasión.

Llegado el día oportuno, la familia marcha dirección a España cargada de regalos e ilusiones, y no faltan motivos. Viene la familia al completo, los padres, hermanos y sobrinos, que están locos por ver a su tío, y al mismo tiempo conocer España, que es su gran ilusión.

Por fin llegó la hora del gran acontecimiento, tal y como estaba previsto.
Todo fue maravilloso. ¡Tanto en la ceremonia, como en el banquete!, que fue amenizado por una rondalla protagonizada por un grupo de amigos del doctor, que quisieron sorprenderlo con una magnífica actuación.

Todos estaban felices, en esa gran fiesta no faltó de nada, comida, bebida, música baile, todo era alegría, ya que había mucho que celebrar.
Además de unirse en matrimonio, Julia y Eduardo se unieron a los familiares del novio, que hacía tiempo que no se veían.
Y especialmente a los hermanos de Julia, a los que separaron siendo pequeños, y crecieron sin conocerse, y sin embargo el destino ha querido que acudan todos juntos a acompañar a su hermana en el día más feliz de su vida.

Todo es posible en la vida, aunque las cosas se presenten muy oscuras, no pierdas nunca las esperanzas, porque la suerte puede cambiar y puedes ver un rayo de luz al final del túnel que te ilumine la vida.

Como le ha pasado a nuestra protagonista, que después de tanto sufrimiento, al final ha encontrado la plena felicidad…

10816278R00038

Printed in Germany
by Amazon Distribution
GmbH, Leipzig